COLLECTION

De M. E. GUICHARD

Architecte décorateur

ANCIEN PRÉSIDENT FONDATEUR

de

L'UNION CENTRALE DES BEAUX-ARTS

APPLIQUÉS A L'INDUSTRIE

Vᵉ RENOU, MAULDE et COCK

IMPRIMEURS DE LA COMPAGNIE DES COMMISSAIRES-PRISEURS

Rue de Rivoli, 144.

CATALOGUE

DE

PEINTURES

Reproduisant les plus belles Tapisseries du Garde-Meuble national

ESQUISSES ET MAQUETTES

DESSINS ORIGINAUX, SOIERIES ET TAPISSERIES

ANCIENS ET MODERNES

Provenant des Archives

DES ANCIENS ATELIERS DE M. E. GUICHARD

ŒUVRES D'ART, GRAVURES ANCIENNES ET MODERNES

Corps de Montre, Miniatures, Objets divers

COMPOSANT SA COLLECTION

DONT LA VENTE AURA LIEU

HOTEL DROUOT, SALLE N° 1

Les Lundi 8 et Mardi 9 Mai 1882

A UNE HEURE ET DEMIE TRÈS PRÉCISE

Me L. TUAL	**M. S. MEYER**
COMMISre-PRISEUR	EXPERT
Rue de la Victoire, 39	Rue de Châteaudun, 4 bis

EXPOSITION PUBLIQUE

Le Dimanche 7 Mai, de une heure à cinq heures.

PARIS — 1882

CONDITIONS DE LA VENTE

Elle sera faite au comptant.

Les Acquéreurs paieront, en sus de leurs adjudications, CINQ CENTIMES PAR FRANC, applicables aux frais.

ORDRE DES VACATIONS

Le Lundi 8 Mai

Etoffes modernes, Documents d'atelier, Gravures, Etoffes anciennes.

Le Mardi 9 Mai

Etoffes anciennes (continuation), Objets d'art et de curiosité, Peintures, Tapisseries.

M. S. MEYER, Expert, remplira les Commissions des personnes qui ne pourront assister à la vente.

M. E. GUICHARD, dont nous présentons aujourd'hui la Collection au Public, a été pendant trente années, à la tête d'un des premiers ateliers qui aient été créés pour l'application des Arts à l'industrie. Son atelier fut fermé par lui en 1870, et depuis il ne s'est plus occupé que d'ouvrages imprimés ayant rapport aux Arts décoratifs. C'est pourquoi, aujourd'hui, il met à la disposition du Public, des Manufacturiers et des Artistes de l'industrie, la nombreuse et riche Collection qu'il a mis quarante années à réunir, et dont il se sépare aujourd'hui, ses travaux le conduisant en ce moment vers d'autres études qui ne se rapprochent plus, à vrai dire, de la fabrication concernant nos Arts utiles.

CETTE COLLECTION SE COMPOSE :

1° De grandes Études à l'huile exécutées dans son atelier du Garde-Meuble national, et formant un choix des plus beaux motifs extraits des Tapisseries royales, depuis la Renaissance jusqu'à Louis XVI.

Nota. — Cette Collection unique (grandeur d'exécution) donne surtout les colorations primitives des anciennes tapisseries qui ont pu être rétablies par l'étude des envers.

2° Esquisses et Maquettes au fusain, à l'aquarelle, à l'huile et à la gouache, et Compositions diverses exécutées au point de vue de nos industries d'art, par les anciens artistes de ses ateliers : MM. Boussac, Calon, Carjat, Collignon, Coussédière, Choriez, Cron, Eugène Petit, Guéritte, Guichard, Hesnard, Hoffmann, Julien Girardin, Landwerlin, Lanfant de Metz, Lefébure, Lemmens, Leroux, Muller, Paulet, Ruel aîné, Souplet, Vivant-Beaucé, etc.

3° Dessins originaux des maîtres lyonnais (Louis XVI), d'Adam, du XVIIIe siècle (études d'oiseaux), de Régnier (Manufacture de Sèvres), de Clerget et autres artistes.

ÉTOFFES MODERNES

4° Échantillons des fabriques de Lyon et de Saint-Étienne, de robes, gilets et rubans.

Échantillons de laines imprimées, calicots, mousselines, lastings, etc. (Robes et Étoffes meubles).

Passementeries (modes) en paille et crin.

Le tout antérieur à 1867.

ÉTOFFES ANCIENNES

5° Fragments de soieries pour robes et Etoffes d'ameublement, de Louis XIII à Louis XVI.

Fragments de tapisseries et autres.

Sept Bandes brodées or fin (haut-relief).

Nota. — Deux Bandes, provenant de cette Collection unique, appartiennent aujourd'hui au Musée de Cluny.

Garniture de lit Louis XIII, composée d'un Ciel de lit, d'un Panneau de fond et Lambrequins (Composition très belle et rare).

Une Chaise époque Henri IV, avec tissu représentant des maisons de cette époque, et tissée en velours ras et de couleur.

Un Ecce Homo d'origine italienne, exécuté en haute lisse, d'après un carton du Guide.

Cette Œuvre magistrale, et de la plus grande beauté, ne peut avoir été tissée que dans les ateliers du Vatican, et doit appartenir au siècle de Léon X.

Fragments de broderies de costumes de Louis XV à Louis XVI, etc., etc.

ŒUVRES ANCIENNES ET CURIOSITÉS

Choisies à titre de documents pour les compositions d'atelier

6° Tableaux de fleurs sur panneaux des XVIIe et XVIIIe siècles, de Baptiste, Desportes, etc.

Gouaches de Carême (XVIIIe siècle).

Gravures anciennes et modernes.

Collection de Coqs de Montres (Dessins de Bourdon), XVIIIe siècle.

Miniatures sur ivoire, etc., etc.

Objets divers.

S. MEYER.

DÉSIGNATION

PEINTURES

Reproduisant les plus beaux motifs des tapisseries décoratives du Garde-Meuble

1 — Siège de canapé.

Manufacture de Beauvais, XVIIIe siècle, d'après Jacques.

2 — Tapis de velours et plat aux armes de France et de Navarre (Fragment).

Manufacture des Gobelins, XVIIe siècle, d'après Yvar.
(Château de Fontainebleau).

3 — Fragments de bordures (Sphynx et Prisonnier).

Manufacture des Gobelins, XVIIe siècle, d'après Le Brun

4 — Applications et Tapisserie. Quatre motifs.

XVe, XVIe et XVIIIe siècles.

5 — Cinq Motifs. Applications et tissus.

Broderie, brocart de soie, velours, brocart d'or, satin broché, des XIIIe XVe et XVIe siècles.

6 — Tissu de lin broché de soie.

France, fin du XVIIIe siècle.

7-10 — Quatre Reproductions de Toiles peintes de la fin du XVIe siècle, tirées du château de Chenonceaux.

11 — Emblèmes de Louis XVI et d'Anne de Bretagne.

Tentures royales.

12 — Fragment de tapisserie représentant un jeune homme appuyé sur un vase d'orfèvrerie.

Gobelins, XVIIe siècle, d'après Yvar.

(Maison royale).

13 — Autre Fragment représentant un enfant jetant un grand tapis de Turquie sur une balustrade.

Gobelins, XVIIe siècle, d'après Yvar.

(Maison royale).

14 — Bordure.

Gobelins, XVIIe siècle, d'après G. Anguier.

(Maison royale).

15 — Fragment de tapisserie de la cérémonie du mariage de Louis XIV (Trône).

Histoire du roi, Gobelins, XVIIe siècle, d'après Ch. Le Brun.

16 — Autre Fragment de tapisserie représentant l'audience donnée au Légat. Gouttières et Rideaux du lit du roy.

Histoire du roi, Gobelins, XVIIe siècle, d'après Ch. Le Brun.

17 — Fragment de la bordure de la tapisserie de l'Amour et Céphale.

18 — Autre Fragment de la même bordure.

Gobelins, XVIIe siècle, d'après Boucher.

19 — Fragment de bordure (Amphitrite et Iris).

Gobelins, XVIIe siècle, d'après Leman Lorain.

20 — Fragment de bordure (Minerve), et le chiffre du roi.

Gobelins, XVIIe siècle, d'après L. Lorain.

21 — Fragment de mai, tapisseries (les Arabesques).

Gobelins, XVIIe siècle. d'après une tapisserie du XVIe siècle.

22 — Autre Fragment.

Gobelins, XVIIe et XVIIIe siècles, d'apres une tapisserie du XVIe siècle.

Nota. — Ces peintures ont été reproduites dans l'ouvrage des tapisseries décoratives, publié par Baudry.

DESSINS ET COMPOSITIONS

De l'Atelier E. Guichard

I. — CROQUIS ET MAQUETTES

23 — Carton contenant 46 originaux, montés sur 20 feuilles bristol.

24 — Carton contenant 43 originaux, montés sur 18 feuilles bristol.

25 — Carton contenant 52 orignaux, montés sur 20 feuilles bristol.

26 — Carton contenant 37 originaux, montés sur 19 feuilles bristol.

27 — Carton contenant 37 originaux, montés sur 18 feuilles bristol.

28 — Carnet contenant 78 originaux.

29 — Carnet contenant 32 originaux.

30 — Carnet contenant 52 originaux.

31 — Carnet contenant 25 originaux.

32 — Carnet contenant 27 originaux.

33 — Carnet contenant 32 originaux.

34 — Un Carnet de grands Fusains et autres.

35 — Un Carnet contenant 49 fusains, etc.

36 — Un autre Carnet contenant 16 fusains pour meuble, soie, papier peint, etc.

37 — Un autre Carnet contenant 31 fusains pour ameublement et papier peint.

38 — Un autre Carnet contenant 24 grands fusains.

II. — GRANDES COMPOSITIONS A LA PLUME

EN PARTIE SUR PAPIER VÉGÉTAL

39 — Une série de 79 Croquis.

40 — Une autre série de 45 Croquis.

41 — Une autre série de 45 Croquis.

42 — Une série de 91 Croquis.

III. — CROQUIS DIVERS

43 — Une série de Croquis pour foulard soie.

44 — Une autre série de Croquis pour foulard soie.

45 — Une série contenant quelques Empreintes à la planche et Croquis originaux (Foulard soie).

46 — Une autre série semblable.

47 — Une série d'Études pour planches plates et enluminées.

48 — Une autre série pour planches plates et enluminées.

49 — Une autre série contenant quelques Empreintes à la planche et Croquis robes et petits papiers peints.

50 — Croquis pour papiers peints, foulard soie et ornements divers.

51 — Maquettes pour industries diverses.

52 — Pochades , etc., pour industries diverses.

53 — Pochades et Dessins divers.

54 — Pochades et Dessins divers.

55 — Maquettes pour étoffes, meubles, papiers peints, etc.

56 — Deux Carnets contenant maquettes et esquisses pour étoffes, meubles, papiers peints, etc.

57 — Un Carnet de Croquis divers.

58 — Quatre Carnets de Pochades et Croquis. Compositions pour robes, etc.

59 — Grande composition du piano Erard (Exposition 1867), appartenant à sir Richard Wallace.

60 — Autre composition de Tapis (Fleurs), par Carjat fusains et enluminés pour panneaux décoratifs.

61 — Une série de Fusains et Maquettes coloriés, pour tapis, meubles, etc.

62 — Une série d'Originaux pour décoration, personnages, paysages, ornements, sièges et dossiers, écrans.

63 — Deux séries de grandes Compositions au fusain et Maquettes en couleur pour tapis, étoffes, etc.

64 — Dix-huit grandes Esquisses décoratives au crayon, inspirées d'après les Maîtres du XVIIIe siècle.

65 — Série de Pochades au fusain (Esquisses, etc.).

66 — Série de grandes Esquisses décoratives.

67 — Un lot de Croquis, Aquarelles et Crayons.

68 — Lot de Calques de la série des écrans, sièges et panneaux décoratifs. Compositions inspirées des XVIIe et XVIIIe siècles.

69 — Composition pour un Service d'orfèvrerie (Surtout de table) et diverses Compositions pour montures de vases en bronze.

70 — Lot de grandes Compositions pour frises décoratives, par Ulysse Souplet.

71 — Douze grandes Études décoratives pour écrans, sièges, dessus de portes.

Études peintes à l'huile sur tissus et sur toile à peindre.

72 — Sept Études d'écrans, lambrequins et bordures, peintes à l'huile sur tissus. Y compris un cuir de l'époque Louis XIV.

73 — Dix Maquettes coloriées pour grands écrins et étoffes d'ameublement.

74 — Onze Études de fleurs peintes à l'huile et d'après nature, par Paulet.

75 — Dix-neuf Esquisses. Projet d'intérieur.

76 — I. 55 Originaux montés sur bristol. Maquettes pour papiers peints, meubles et soieries.

II. Neuf pièces maquettes du piano Erard (Exposition 1855).

III. Compositions de Clerget et de Régnier de la Manufacture de Sèvres. 10 originaux montés sur bristol.

77 — I. Seize grandes Compositions au fusain, à la gouache et à l'aquarelle.

II. Grande Composition de fleurs peintes à l'huile, sur papier de mise en carte de l'époque Louis XIV. (Ecole de Baptiste. En très mauvais état.)

78 — Un Volume relié contenant 30 Dessins originaux de E. Guichard, composés et peints par lui pour son ouvrage intitulé : les Tissus anciens.

79 — Un volume de Dessins originaux contenant 24 feuilles de Dessins de E. Guichard, et quelques artistes de son atelier.

80 — Un volume de 25 Calques sur végétal. — Dessins originaux copiés ou inspirés d'après les maîtres anciens. — Dessins de E. Guichard et de quelques artistes de son atelier.

IV. — PANNEAUX

(Atelier E. Guichard)

81 — Un grand Fusain décoratif exécuté par Choriez.

82 — Fusain décoratif exécuté par Choriez.

83 — Fragments de l'histoire de l'Ornement (style néo-grec). Composition d'ensemble et d'harmonie de couleur, par E. Guichard. Exécution de Coussédière.

84 — Maquettes à l'huile, d'un dessus de porte camaïeu, d'Ulysse Souplet.

85 — Feuille de paravent, style Louis XIV. — Composition au fusain enluminé. — Maquettes de Leroux.

86 — Autre Feuille de paravent semblable.

87 — Panneau à l'huile de quatre bordures extraites des tapisseries Louis XIV (Garde-Meuble national).

88 — Panneau au fusain, rehaussé de blanc. — Maquette d'un tapis, par Landwerlin.

89 — Maquette à l'huile pour dessus de porte, par Ulysse Souplet, — d'après une gravure du XVIIIe siècle.

90 — Dessus de porte, peint à l'huile, par Ulysse Souplet.

91 — Dessus de porte, peint à l'huile, par Ulysse Souplet, — d'après une gravure du XVIIIe siècle.

92 — Dessus de porte, peint à l'huile, par Ulysse Souplet.

93 — Autre Dessus de porte, peint par le même.

94 — Projet d'une Salle hippique. Composition de E. Guichard.

PEINTURES ET DESSINS ANCIENS

DOCUMENTS D'ATELIER

96 — Carnet contenant 26 Dessins originaux, d'Adam (XVIIIe siècle). Dessins à la plume.

97 — 104 Esquisses et Maquettes originales de différents maîtres lyonnais, pour broderies et costumes.

98 — Tableau de fleurs de l'École hollandaise. Cadre ancien.

99 — Tableau de fleurs, attribué à Baptiste. Cadre ancien.

100 — Gouache de Ph. Caresme (1781).

101 — Gouache de Ph. Caresme (1781).

102 — Etude au crayon. Dessin italien.

103 — Peintures de fleurs décoratives de diverses époques.

ÉTOFFES MODERNES, DE 1850 A 1864

1° Robes, Gilets, Étoffes pour Ameublement, Échantillons tissus et imprimés

104 — Carnet contenant des Etoffes imprimées (mousseline, chaîne-coton, laine).

104 *bis* — Carnet d'Etoffes imprimées (perse, cretonne de Rouen).

105 — 40 Echantillons pour meubles anglais et français. Impression.

106 — 34 grands Echantillons (Etoffes pour ameublements). Lastings imprimés.

107 — 102 Morceaux de fabrication anglaise (Etoffes tissus pour ameublement).

108 — Carnet de 62 Echantillons de volants de robes (impression sur mousseline claire), (année 1864).

109 — Quatre Carnets d'échantillons d'Etoffes imprimées (mousseline, laine, etc.), (années 1862, 1863, 1864).

110 — Un lot d'Echantillons de Perse et cretonne (impressions de Rouen et d'Alsace).

111 — Un lot d'Echantillons tissés. Tapis anglais et tissés.

112 — 500 Echantillons environ de soieries et autres, pour robes et gilets.

113 — Echantillons pour robes, mousseline claire, mousseline laine, jaconats et indiennes, s'arrêtant à 1864 (impressions).

2° Échantillons de Soieries, de 1851 à 1856, Rubans de Saint-Étienne et Lyon

114 — Deux Carnets contenant 828 échantillons (année 1851).

115 — 2,346 Echantillons renfermés dans quatre carnets (année 1852-1853).

116 — Un Carnet contenant 489 échantillons (année 1853).

117 — Un Carnet contenant 442 échantillons (année 1854).

118 — Un Carnet contenant 312 échantillons (année 1855).

ROBES

119 — Trois Carnets comprenant 329 échantillons (1850 à 1856) (soie).

120 — Trois autres Carnets comprenant 308 échantillons (1850 à 1856) (soie).

121 — Trois autres Carnets comprenant 548 échantillons (1850 à 1856) (soie).

GILETS, ROBES, BORDURES, ETC.

122 — Deux Carnets contenant ensemble 307 échantillons pour gilets soie et laine (1850 à 1856).

123 — Deux Carnets contenant 164 échantillons pour robe. Impression sur chaîne (soie) (1851 à 1856).

124 — 132 Echantillons montés sur bristol, passementeries pour modes, soie, crin-paille (1851 à 1856).

125 — 116 Echantillons montés sur bristol, de Soieries pour robes et bordures pour ameublements (1851 à 1856).

3° Échantillons modernes divers

126 — 62 Echantillons montés sur bristol, d'Etoffes tissées coton pour gilets.

127 — 164 Echantillons montés sur bristol, d'Etoffes tissées en laine, laine et soie, et coton pour gilets (1851 à 1856).

128 — 67 Echantillons montés sur bristol, d'Etoffes tissées en soie pour gilets.

129 — Dix Echantillons montés sur bristol, d'étoffes coton et fil pour gilets. Impression.

130 — 74 Echantillons, paille et crin.

ÉTOFFES ANCIENNES, TAPISSERIES

Peintures sur tissus, Broderies, Impressions sur toile, etc.

131 — Huit Feuilles contenant 26 morceaux détachés de guipures anciennes.

132 — Neuf Morceaux de robes, avec passementerie du temps.

133 — Vingt Fragments de robes et gilets.

134 — Quatorze Fragments de robes.

135 — Quatorze autres Fragments.

136 — Onze Fragments d'étoffes pour ameublements.

137 — Dix autres Fragments.

138 — Fragments de tissus anciens provenant de la Manufacture royale de Beauvais, comprenant : deux joues de Canapé Louis XVI, quatre Manchettes Louis XVI, une Bande soie et métal (Renaissance) et un Fragment de tapisserie Louis XIV.

139 — Grande Bordure montante en tapisserie du XVIIIe siècle, comprenant deux morceaux assemblés, laine et soie.

140 — Deux Sièges Louis XIV, tapisserie à la main du XVIIIe siècle et un Fragment de bordure, fleurs et ornements en tapisserie, époque Louis XIV.

141 — Petit Écran en noyer, époque Louis XIII, avec sujet brodé au petit et moyen point, et deux Fragments de tapisserie ancienne (joues d'un fauteuil).

142 — Chaise à dossier, époque Henri IV. Exemple d'un tissu en velours ras, représentant une maison de l'époque avec répétition en couleurs différentes (bois Louis XIII).

143 — Quatre Fragments de tapisserie Louis XIII et Louis XIV.

144 — Une Bande, un Lambrequin et un Fragment de couvre-pied, fleurs, peintes à l'huile sur gros de Naples (Louis XIII).

145 — Trois Fragments peints à l'huile sur fond gros de Naples et Gobelins ; et deux Documents, l'un de l'époque Louis XIII, et l'autre de Louis XIV à Louis XV, peints sur tissus et prouvant l'authenticité de l'emploi de la peinture sur tissus pour tentures murales et autres.

146 — Quatre Morceaux dont deux de l'ancienne fabrication de l'Inde et deux de la fabrication de Jouy-en-Josas (impressions sur toile).

147 — Sept Bandes brodées or fin (Renaissance à Henri II).

Cette Collection comprenait neuf bandes, mais deux ont été offertes au Musée de Cluny.

148 — Une Garniture de lit Louis XIII, comprenant : 1° un Ciel de lit brodé aux rubans plissés et cordonnés en soie; 2° un Fond de lit; 3° deux grands Lambrequins et un petit.

149 — Quatre mètres de Lambrequins Louis XIII, à rubans plissés et cordonnés en soie.

150 — Belle **TAPISSERIE ITALIENNE**, représentant un Ecce Homo, d'après un carton du Guide (Cadre ancien).

Cette œuvre magistrale paraît appartenir au siècle de Léon X, et a dû être tissée dans les ateliers du Vatican.

151 — Sept Fragments brodés d'un habit de cour.

152 — Sept autres Fragments.

153 — Dix Fragments de broderies et étoffes tissées, de Louis XIV à Louis XVI.

GRAVURES ANCIENNES, MODERNES LIVRES, ETC.

154 — Exposition de Londres, 1831 (en couleur), 1 vol., édition anglaise, très rare.

155 — Expositions de 1851 à 1856. Publications anglaises et françaises, environ 1,200 sujets, planches en noir.

156 — Deux Volumes de Gaillabeau et divers, incomplets.

157 — Illustrations anglaises et françaises, de 1855 à 1856, 2 vol., environ 450 planches.

158 — Documents divers, par Percier, Fontaine et autres.

159 — Un Volume, Chenavard et autres.

160 — Un Volume, fleurs et herbier (XVIIIe et XIXe siècles).

161 — Lot de Gravures et Lithographies.

162 — Lots de Fleurs et Plantes, par Chabal, Dussurget. Dumont, Blery, etc.

163 — Lot de Gravures lithographies et chromo pouvant servir de documents d'atelier.

164 — Gravures lithographies et chromo. Ouvrage allemand.

165 — Histoire naturelle, par Pierre André Matthioli, 1565. 1 vol. incomplet.

166 — Trente-huit Photographies, grands portraits historiques, château de Bercy, etc.

167 — Un Lot de vingt Gravures anciennes et modernes.

168 — Lot de Gravures anciennes et modernes servant de documents d'atelier.

169 — Gravures anciennes de plantes et fleurs.

170 — Grand Décor imprimé par la maison Zuber (d'Alsace), intitulé « El Dorado » (épuisé).

171 — Quantité de Gravures anciennes. Ce lot sera divisé.

OBJETS D'ART ET DE CURIOSITÉ

Servant de matériaux d'atelier

172 — Trois Cadres contenant 57 beaux coqs de montres dorés des époques Louis XIII à Louis XV.

173 — Camée en buis sur fond ébène, représentant le buste de Minerve (époque Louis XIV). Médaillons en bois sculpté.

174 — Boîtier de montre (fabrication allemande), époque Louis XIV.

175 — Camée peint, représentant l'hyménée, grisaille sur ivoire (signé Langlois), époque Louis XVI.

176 — Un Cadre de pendule en bronze ajouré, de l'époque Louis XIII.

177 — Deux Médaillons peints en grisaille, provenant de la vente Couvreur et peints par Sauvage (XVIIIe siècle), avec cette mention : n° 227, Domaine privé P. National.

178 — Bas-relief en stuc, représentant la Madone et son fils, attribué à Rosselini.

179 — Un Jeu de loto complet (12 cartons), époque Louis XIV, ornements Bérain.

180 — Un très beau lot d'Étoffes anciennes, Broderies persanes, etc.

181 — Un Dessus de porte (Fleurs), peint par Desportes.

182 — Un grand Tableau (Fleurs), de Baptiste, ou au moins de son école (XVIIe siècle).

183 — Un petit Tableau (Fleurs), cadre ovale, de Baptiste, ou au moins de son école (XVIIe siècle).

184 — Beau Fragment de sculpture sur bois et doré, de l'époque de Louis XIV. Bouquet à fleurs.

185 — Un grand Tableau (Fleurs), Ecole hollandaise, peint à l'huile sur panneau, époque Louis XIII (cadre ancien).

186 — Petit Tableau de fleurs, peint à l'huile sur panneau, époque Louis XIV (cadre ancien).

187 — Sous ce numéro sont compris un grand nombre d'Objets anciens et d'Objets de vitrine non catalogués.

Ve Renou, Maulde et Cock, impr^{s} de la Compagnie des Commissaires-Priseurs, rue de Rivoli, 144. 27708

www.ingramcontent.com/pod-product-compliance
Ingram Content Group UK Ltd.
Pitfield, Milton Keynes, MK11 3LW, UK
UKHW020528180726
13839UKWH00005B/2376